Deux heures et demie avant Jasmine

François Gravel

Deux heures et demie avant Jasmine

roman

Boréal

Maquette de la couverture : *Rémy Simard*
Illustration de la couverture : *Alain Longpré*

© Les Éditions du Boréal
Dépôt légal : 1ᵉʳ trimestre 1991
Bibliothèque nationale du Québec

Diffusion au Canada : Dimedia
Distribution en Europe : Les Éditions du Seuil

Données de catalogage avant publication (Canada)

Gravel, François

Deux heures et demie avant Jasmine
(Boréal inter ; 8)
Pour les jeunes

ISBN 2- 89052-386-1

I. Titre.

PS8563.R37D48 1991   jC843'.54 C91-096096-8
PS9563.R38D48 1991
PZ23.G72De 1991

6:00

Comment peut-on avoir seize ans et s'appeler Raymond ? Pourquoi ce prénom de vieux prof, de grand-oncle ou de sénateur ? Pourquoi pas Stéphane, Mathieu ou Alexandre, comme tout le monde ? C'est à cause de mon grand-père. Il s'appelait Raymond et il est mort deux mois avant ma naissance, alors mes parents... Ce n'est pas une bonne idée, je trouve. Parce que c'est sur moi que ça retombe. Mais ce n'est pas si terrible de s'appeler Raymond, on s'y habitue. On se

7

dit que ça aurait pu être pire. Raoul, par exemple. Ou Réal. Et puis, ce n'est quand même pas ma faute. On s'habitue, oui. Le pire, ce n'est pas d'avoir un vieux prénom, c'est d'avoir la face qui va avec. S'habituer à un visage, c'est plus compliqué.

Je ne suis pas très beau. À franchement parler, je ne suis même pas un peu beau. Je ne suis pas non plus une horreur sur deux pattes, non. Il y a pire. Si au moins j'avais une belle laideur... Mais ça ne me dérange pas. Parce que ce soir, ça y est. Le Grand Soir. Depuis six mois, je sors sérieusement avec Jasmine. Et elle est d'accord. D'accord pour tout. Six mois que j'attends. Ce soir, samedi 8 juin. À huit heures trente pile, ses parents s'en vont quelque part. Chez des amis, au cinéma, je ne sais pas et je m'en fiche. Tout ce qui compte, c'est qu'ils rentrent tard, très tard. À huit heures trente et une, elle sort de chez elle. Elle enfourche sa bicyclette et, dix minutes plus tard, elle est chez moi. À dix heures, ça devrait donc être chose faite. Je serai le héros ou le zéro. Moi, Raymond Fafard, je serai dans le lit de Jasmine. Ou plutôt l'inverse : c'est Jasmine qui sera dans mon lit. Mon petit lit de sous-sol de bungalow. Nerveux, moi ? Tas du pou. Pou du tas. Pas du tout.

Deux heures et demie à attendre. Je suis prêt, j'ai tout ce qu'il faut. Dans le tiroir de ma table de chevet, j'ai une boîte de condoms. Une boîte de douze. Il m'en reste huit. Pour une première fois, ça devrait suffire. C'est trop, je sais ; je ne suis quand même pas imbécile. Mais ça peut se déchirer, on ne sait jamais. J'ai vérifié la date d'expiration sur l'emballage, j'ai lu et relu le mode d'emploi, je me suis même entraîné à les enfiler.

Dans mon lit, les draps sont frais lavés. Quand j'ai dit à ma mère qu'il était temps que j'assume mes responsabilités et que j'apprenne à faire fonctionner la lessiveuse, elle a dit : « Oui, oui, bien sûr » avec un petit sourire en coin. Elle n'est peut-être pas dupe. C'est quand même bizarre pour elle que je tienne tant à laver mes draps, soudainement. J'aurais pu lui parler clairement, lui dire que ce soir, je fais l'amour avec Jasmine. Elle aurait accepté, je pense. Mais, bon, ça me gêne.

Dans le tiroir, les condoms. Dans mon lit, les draps frais. Dans ma tête, des étoiles. Dans mon estomac, des nœuds, une grosse boule de nœuds. Dans mon cœur, la tempête. La tornade. Jasmine, quel beau nom pour une tornade !

Deux heures et demie à attendre. J'aurais envie de mettre un aimant géant sur le méridien de Greenwich pour faire tourner plus vite toutes les aiguilles de toutes les horloges de la Terre. J'aurais envie de trouver la fameuse fissure dans le continuum spatio-temporel dont on parle dans tous les romans de science-fiction, de me glisser dedans et de me réincarner en moi-même, deux heures et demie plus tard. Tout de suite. Jasmine. Moi, Raymond Fafard. Moi et Jasmine. Jasmine et moi. Incroyable.

En attendant, il faut que je parle. C'est plus fort que moi. Autant vous prévenir, ça va débouler. Deux heures et demie vides. Il faut que je les meuble. Alors, j'ai envie de raconter comment moi, Raymond Fafard, avec mon nez en patate, comment moi...

Ce ne sera pas une histoire comme les autres. D'abord, parce que je n'ai pas de papier ni de crayon. Je parle à une petite cassette de plastique enfermée dans un magnétophone, là, sur le bord du lavabo de la salle de bains. En ce moment, je me fais la barbe. Le bruit de fond, c'est le rasoir. Celui de mon père, un Remington à trois têtes. Trois fois plus que moi. Le magnétophone, c'est un Fisher-Price. Celui de ma petite sœur. Ou plutôt celui qu'elle avait quand elle écoutait *Passe-Partout*. Depuis qu'elle a treize ans, elle est passée au *heavy metal*. Pour écœurer

11

mes parents, évidemment.

Fisher-Price... Si Patrick me voyait ! Patrick, c'est un ami. Maniaque des appareils électroniques. Autant que moi, je suis maniaque de Jasmine. Dans sa chambre, Patrick s'est monté un studio d'enregistrement. Synthé, pré-amplis à quarante pitons, tout le kit. Les filles, pour lui, ce n'est pas un problème. En tout cas, c'est ce qu'il dit. Il en parle comme si c'étaient des machines à transistors. D'ailleurs, c'est peut-être pour ça qu'il est si populaire. Deux ou trois blondes à la fois, jamais sérieux ; n'empêche qu'il y a longtemps qu'il ne s'énerve plus à l'idée de se retrouver dans leur lit.

C'est la même chose pour Julien, mon autre ami, le seul à qui je parle de ces choses-là. Lui, il a commencé à quatorze ans. Il nous raconte ses aventures, l'air indifférent, comme si de rien n'était. Moi, j'en bave d'envie, mais je fais celui qui est au-dessus de tout ça, celui qui attend que ça vaille vraiment la peine... Je ne suis pas certain qu'elles soient vraies, ses histoires. Il parle beaucoup, Julien, et je me méfie un peu de ceux qui parlent trop. Ça ne m'empêche pas de parler à mon magnétophone Fisher-Price... C'est ridicule, mais je m'en fiche. Quand on a rendez-vous avec Jasmine, on se fiche de tout. On veut juste que le temps passe plus vite et on essaie de ne pas penser à Patrick et à Julien.

J'ai peur d'avoir fait une gaffe en leur faisant des confidences. J'aurais dû garder ça pour moi. Il fallait que je parle, que je leur montre que, moi aussi, j'étais un homme... Les gars, c'est toujours un peu coq, un peu bête. Il faut croire que je suis comme les autres.

C'était hier soir. On était tous les trois ensemble, Julien, Patrick et moi. L'occasion était trop belle : ils voulaient que je les accompagne à un party chez un ami de Patrick, à l'autre bout de la ville. J'ai dit : « Non, impossible, j'ai déjà un rendez-vous important. » Comme je prenais des airs mystérieux, ils m'ont posé des questions et, moi, j'ai tout raconté : mes parents qui sortaient, les condoms, tout. Ils n'ont rien dit. Mais un peu plus tard, pendant qu'on regardait la télé, je les ai vus comploter. C'est-à-dire qu'il me semble bien qu'ils complotaient. Je revenais des toilettes ; ils ont toussoté pour changer de sujet... C'est bête, mais il m'arrive de penser qu'ils sont jaloux, tout simplement. Depuis que je sors avec Jasmine, je les snobe un peu. Ils me regardent souvent d'un drôle d'air. Bon, n'y pensons plus.

Ce n'est pas une histoire comme les autres. D'abord, à cause du magnéto-phone ; ensuite, parce qu'il n'y a pas d'in-trigue. La fin, on la connaît déjà : dans deux heures et demie, Jasmine. Pas de mystère. Et une heure plus tard, je me noierai dans les Maritimes. C'est une belle fin, je trouve. J'espère. Ça devrait bien se terminer. La fin normale, celle que je souhaite de tout mon cœur, celle qui devrait arriver si tout se déroule comme prévu, à commencer par le condom. Ce n'est quand même pas si compliqué à enfiler. Le tout, c'est de ne pas se tromper de sens. Et de ne pas s'énerver. Ça devrait aller. Mais dans le feu de l'action, comme on dit, ça peut fondre... Ne pas penser à ça, c'est très mauvais. Il faut que je sois daturel et nétendu. Naturel et détendu. Un nez tendu, c'est idiot. Et puis, mon nez n'a rien à voir dans cette histoire. Quoique...

Commençons par le commencement. Le commencement, c'est que je ne suis pas très beau. Il ne faut quand même pas imaginer que je ressemble à l'homme-éléphant, non. Mais je suis quand même laid. Je peux en parler en connaissance de cause, je suis là, en face de moi, dans le miroir, et mon nez prend toute la place.

Quand j'étais petit, ça ne me dérangeait pas. C'est vers l'âge de treize ans que je m'en suis aperçu. Treize ans, l'âge où mes amis commençaient à avoir des blondes. L'âge où je restais chez moi, le samedi soir, à regarder le hockey à la télévision. À quatorze ans, j'étais toujours aussi laid et je n'y étais pas encore habitué. Et je regardais encore le hockey.

Quand j'entre dans une discothèque, les filles ne tombent pas dans les pommes. Je les comprends. Quand je me regarde dans le miroir, chaque matin, je me demande encore comment moi, Raymond Fafard...

Je ne suis pas beau, mais ça ne me dérange pas. D'ailleurs, tout le monde sait que les beaux gars sont idiots, superficiels et la plupart du temps homosexuels. Et quand ils ne le sont pas, ils se font harceler dès qu'ils traversent un parc ou qu'ils vont aux toilettes dans un centre commercial. Et puis quand ils sortent avec des filles, ils se demandent toujours si les filles les aiment vraiment pour ce qu'ils sont. J'ai déjà lu un article qui parlait des problèmes des gens trop beaux. Ils se plaignaient que les gens ne les prenaient pas au sérieux. À la fin de l'article, la journaliste leur avait demandé s'ils n'auraient pas préféré, puisqu'ils avaient tant de problèmes, être un peu moins beaux. Non ! Surtout pas ! Vraiment, ils faisaient pitié ! De quoi pleurer...

Je ne suis pas beau, donc. Pas beau, pas beau, facile à dire, mais pas beau comment ? Décrivons. D'abord mon nez, j'en ai déjà parlé. Il est gros, bon. D'après mon père, il n'est pas si gros que ça. Tu parles d'une consolation : le nez de mon père, c'est le rocher de Gibraltar. Il me dit aussi que plusieurs vedettes de cinéma ont le nez plutôt fort : Belmondo, Depardieu, Noiret, Bronson... Ça ne les empêche pas d'avoir du succès, d'accord. Mais ils sont vieux. Peut-être est-ce bien vu d'avoir un gros nez à quarante ans, je ne sais pas. Et même si c'est vrai, ça ne me rassure pas : mon problème, c'est tout de suite.

Si au moins j'avais hérité du nez de ma mère... Ma mère, franchement, elle n'est pas mal. Pour une femme de son âge, évidemment. Quand elle était jeune, elle était encore plus belle. Dans l'album de photos, on la voit à seize ans. Les cheveux jusqu'aux fesses, un bandeau autour de la tête, la mode de l'époque. Une belle fille. Et elle s'est quand même mariée avec le rocher de Gibraltar. C'est ce que je me disais pour me consoler, le samedi soir, en regardant le hockey. Ça ne me consolait pas vraiment.

À part le nez, il y a les dents. Trop grandes. Julio Iglesias aussi a les dents trop longues et ça n'empêche pas les vieilles dames de tomber en pâmoison devant lui. Quand je regarde la pochette d'un de ses disques, chez ma grand-mère, je me demande toujours comment il se fait qu'il n'a pas les dents cariées, depuis le temps qu'il chante du sirop. On s'en fiche, de Julio.

Et puis, mon crâne... Il est pointu. En 1968, j'aurais sûrement été un hippie. Ou bien je me serais fait faire une coiffure afro, pour dissimuler ma bosse sous un paquet de cheveux... Quand j'étais petit, les profs me disaient que j'avais sûrement la bosse des maths. Très original. Et moi, pas plus fin, j'ai fini par le croire. Je suis devenu une « bolle » en maths. La « bolle » de l'école, celui qu'on envoie dans les concours de la province. Les maths, c'est très utile pour gagner des concours. Dans ma chambre, j'ai six trophées, douze dictionnaires, deux encyclopédies et des dizaines de médailles. Très utile aussi pour être apprécié des professeurs. Mais pour se faire une blonde, oubliez ça.

À moins d'être moyennement beau, évidemment. Dans ce cas-là, on peut facilement se faire inviter chez les filles, le soir, pour étudier. Ça m'est arrivé, quelquefois. En semaine, la veille des examens. J'étais assis juste à côté de Nadine ou de Chantal ou de Nadia, je respirais leur parfum, j'en devenais malade. Quand j'avais fini mes explications, elles me remerciaient ; j'étais très gentil, vraiment...

Les mères aussi m'aimaient beaucoup. « Un garçon si sérieux, tu devrais l'inviter plus souvent, Chantal. » Et Chantal m'invitait encore, quand il y avait des examens. Mais le samedi soir, je regardais le hockey. Et la nuit, dans mon lit, je faisais des expériences de chimie : comment rendre un Kleenex rigide en l'espace d'une seule nuit. Ça, c'était avant. Avant que je devienne le nouveau Raymond, revu et amélioré.

À part mon gros nez, mes grandes dents et mon crâne pointu, ça va à peu près. Je n'ai pas un corps d'athlète, loin de là, mais il n'est pas difforme, c'est toujours ça. J'ai les jambes à peu près droites. Les genoux sont à leur place, qu'est-ce qu'on peut demander d'autre à des genoux ? J'ai du poil sous les aisselles, sur la poitrine, partout où il en faut. Ah ! j'allais oublier mes mains ! Des mains pour jouer au tennis sans raquette. Une seule de ces grandes pinces suffit pour saisir sans difficulté un ballon de basket, caractéristique très appréciable pour jouer au basket, mais tout à fait inutile quand on mesure cinq pieds huit pouces et qu'on rêve depuis des années de tenir dans sa main autre chose qu'un ballon de basket.

Dernière caractéristique : pour autant que je puisse en juger par ce que j'ai vu dans les douches après mes cours d'éducation physique, je suis dans la bonne moyenne. Il paraît que ça ne veut rien dire, que ce n'est pas important, n'empêche qu'on veut toujours se rassurer.

Le corps, ça va. C'est la tête, le problème. Je parle évidemment du contenant, pas du contenu. Le contenu, j'imagine qu'il est comme celui de tout le monde. Plein d'idées qui ne servent à rien, de bouts de chansons, de souvenirs, avec un coin spécial pour les maths, et un autre coin pour les fantasmes. Il paraît qu'on n'y peut rien. N'empêche que c'est fatigant. On essaie de penser à autre chose, et paf ! on voit apparaître une paire de seins. On oublie. Et puis au milieu d'un examen, ou bien dans l'autobus, paf ! encore une image... J'en ai parlé à mon père. C'est lui qui m'a dit que c'était normal, que tous les hommes et toutes les femmes en ont. Je n'en suis pas si sûr : si tout le monde a des fantasmes, comment se fait-il que ce soit si compliqué de trouver un partenaire ? Pourquoi est-ce qu'on ne fait pas comme les animaux, quand on se croise dans la rue ?

Est-ce que je suis obsédé ? Peut-être que les obsessions, ça s'attrape par hérédité, comme le nez ?

Quinze minutes de passées. Toujours ça de pris. Merci, Fisher-Price ; merci, petite cassette. Deux heures et quart encore. Neuf quarts d'heure. Cent trente-cinq minutes. Ça me donne le temps de prendre un bain. Pause.

6:17

Miracle : le téléphone n'a pas attendu que je sois dans le bain pour sonner. J'étais encore en robe de chambre. Un coup, deux coups, je m'inquiète un peu. Et si c'étaient mes parents qui rentraient plus tôt ? Jasmine qui a changé d'idée ? Je décroche mais je n'entends rien. Allô ? Toujours rien. Quelqu'un qui s'est trompé de numéro, j'imagine. Ou bien une mauvaise blague. N'empêche que mon cœur s'est mis à battre plus fort. Un bain, vite, pour me calmer.

J'aurais pu me contenter d'une douche, c'est vrai, mais ça passe trop vite. Et puis je n'aurais pas pu parler. Et puis des sels de bain, dans une douche... Des sels de bain, oui. Algues marines et aloès. Détendez-vous. C'est écrit sur la bouteille de plastique. Détendez-vous et essayez de ne pas penser à votre petite virilité toute flasque qui flotte dans la mousse. De la mousse pour que ma peau soit douce, pour que ça glisse. En sortant, ne pas oublier de bien me rincer sous la douche. Pas envie de sentir le parfum. Fermer les yeux et penser encore à la première rencontre avec Jasmine... Non, ne pas penser tout de suite à Jasmine, penser plutôt à l'autre, Catherine, la belle Catherine, la plus belle fille de l'école. La tête qu'ils ont fait, les gars de la classe, quand ils nous ont vus un lundi matin descendre de l'autobus la main dans la main...

Oui, j'ai réussi à séduire Catherine Provost. Et pas seulement la séduire, pas

seulement la tenir par la main, non. J'ai
réussi à faire beaucoup d'autres choses
aussi. Toujours en haut de la ceinture,
d'accord, mais ce qu'elle a en haut de la
ceinture, laissez-moi vous dire que ce
n'est pas rien. Pour une fois, mes grandes
mains servaient à quelque chose. C'était
l'année dernière, en troisième année du
secondaire. Ma première blonde, et il
fallait que ce soit elle. J'étais fier en
dehors, mais pas en dedans. Je m'explique.

Catherine, c'est la vedette des fantasmes de tous les gars de l'école. Même
les profs, s'ils ont encore des fantasmes à
leur âge, doivent penser à elle. On n'a
qu'à les voir se retourner sur son passage... Une belle blonde bien ronde. Elle
se trouve trop grosse et les autres filles
sont évidemment d'accord parce qu'elles
sont jalouses. Pourtant, je ne connais pas
un gars qui la trouve trop grosse. Une
belle fille. Mais on dirait qu'elle a été
inventée pour confirmer les théories de

mon père : Catherine, ce n'est pas une lumière. Gentille, oui, mais disons qu'on ne penserait pas à lui remettre un prix Nobel. Tout ce qui l'intéresse, c'est la mode et les vedettes. Elle est abonnée à tous les magazines qui prennent les jeunes pour des débiles. Elle lit aussi ceux de sa mère : j'ai vécu mon cancer ; j'ai de l'acné, que faire ? ; trois recettes pour apprêter les restes de pommes de terre. Dans les pages du milieu, un poster d'un chanteur populaire. Chaque semaine, quand elle reçoit son magazine, Catherine tombe amoureuse de la vedette du mois. C'est systématique.

Catherine n'est pas une lumière mais, bon, j'avais besoin d'elle pour devenir le Raymond Fafard revu et amélioré. C'est pour ça que je dis que j'étais fier en dehors mais pas en dedans. Je ne devrais pas dire trop de mal de Catherine, quand même. C'est grâce à elle que je suis devenu une vedette. C'est aussi grâce à elle que je ne tomberai pas sans connaissance, ce soir, quand je verrai les seins de Jasmine... Ne pas penser à ça !

Comment j'ai fait pour sortir avec Catherine ? C'est une idée folle que j'ai eue en écoutant un vieux film à la télé, avec mes parents. C'était un samedi soir du mois d'août, avant la saison de hockey. Mes parents avaient loué une cassette au vidéoclub. Comme je n'avais rien à faire, j'ai regardé le film avec eux. Ça m'arrive, oui. J'ai beau avoir seize ans, je trouve que mes parents ne sont pas trop idiots. Ma mère est soudeuse, une des seules femmes soudeuses en Amérique. Elle en est très fière, et elle a raison. Mon père, lui, est journaliste. Ça fait vingt ans qu'ils sont ensemble et ils n'ont pas divorcé une seule fois. Et ma petite sœur, c'est vraiment ma petite sœur, malheureusement. Comme elle avait douze ans à l'époque, il n'était évidemment pas question qu'elle regarde le film avec nous. Elle était dans sa chambre et elle écoutait son *heavy metal* à tue-tête. Après une bonne engueulade pour lui faire mettre ses écouteurs, on a fini par le regarder, ce film.

C'était *A Hard's Days Night*. 1963. Les Beatles en noir et blanc. Pour la musique, c'était pas mal. Un peu primitif, peut-être, mais pas mal. Mais les filles, toutes les filles qui criaient, c'était complètement débile. Après le film, mes parents m'ont parlé de leur jeunesse. Que mon père me parle des Beatles, ce n'était rien de nouveau, il en est maniaque. Il a acheté tous leurs disques compacts et les écoute sans arrêt. Mais quand ma mère m'a avoué qu'elle avait été amoureuse de Ringo, ça a fait clic ! dans ma tête. Ringo ? C'était le plus laid !

— Peut-être, mais il était gentil. Et puis les autres, Paul, George et John, étaient tellement inaccessibles... Ringo, c'était le bon garçon, il aurait pu être notre voisin...

Pendant qu'elle disait ça, j'ai regardé mon père. Il n'avait sûrement pas été amoureux de Ringo, mais je suis certain qu'au fond il devait lui être infiniment reconnaissant.

Ringo, oui, c'est grâce à Ringo. Et grâce à Patrick aussi. Le vendredi soir, à l'école, on organisait des danses et Patrick se chargeait des disques. Je l'aidais à s'occuper du son. Julien dansait, comme d'habitude. À dix heures, on faisait toujours une période rétro. Elvis, les Beach Boys...

Vous me voyez sûrement venir. Un jour, pour faire les fous, on a organisé une sorte de spectacle. On était quatre, on avait des perruques, des vestons, des fausses guitares électriques et des *drums* en carton. Juste une fois, pour faire les fous. On faisait du *lip-sync* sur *I Wanna Hold your Hand*. J'étais Ringo, évidemment. J'avais une bague en plastique à chaque doigt... Franchement, on faisait de beaux Beatles. Et la foule était naturellement obligée de faire un bel auditoire de Beatles. Alors, ça criait. Et Julien hurlait : « Ringo ! Ringo ! » comme un vrai fanatique, si fort que toutes les filles se sont mises à crier : « Ringo »...

C'est ce soir-là que je suis sorti avec Catherine pour la première fois. Pour être honnête, je devrais dire que c'est ce soir-là que Catherine est tombée amoureuse de Ringo. Elle m'a invité à sa table, je l'ai raccompagnée chez elle, et je l'ai embrassée. Je n'avais pas le trac, je n'étais même pas nerveux. Je l'ai embrassée comme si j'étais le héros d'un film. À franchement parler, ce n'était pas très bon. Mais j'étais quand même très fier de moi, j'aurais voulu que le monde entier nous regarde. Le monde entier n'était pas là, il avait rendez-vous ailleurs. Mais il y avait quand même un fantôme qui nous regardait, et ce fantôme, c'était moi. J'étais là, au-dessus de mon corps, c'était bizarre. J'étais là à me dire : Bravo, Raymond, tu as enfin réussi. Et l'autre Raymond, celui qui embrassait, il n'était pas tellement fier.

J'ai quand même eu envie de

recommencer, pour voir. Le lendemain, j'ai sonné à sa porte. Elle m'a emmené dans son sous-sol, il y avait une salle de jeux, une chaîne stéréo, un sofa... On a parlé un peu, on s'est embrassés, et j'étais encore là, au-dessus de moi, à me demander ce que je faisais.

On a continué pendant deux semaines. On allait au cinéma, j'allais chez elle, elle venait chez moi, je continuais à explorer, mais toujours, j'avais mon âme qui me regardait.

Et puis, soudainement, sans trop que je sache pourquoi, ça s'est terminé. Catherine est tombée amoureuse d'une autre page de magazine et moi, je me suis retrouvé devant ma télé, le samedi soir, à écouter le hockey et à me demander si j'étais normal et si la vie était normale.

C'est tout. Ma seule expérience. Les autres fois, c'était moins que rien. Une sortie au cinéma avec une fille. Ensuite je n'osais pas aller plus loin. Si j'osais, elle refusait. La plupart du temps, elle ne voulait même pas aller au cinéma. Alors, je ne demandais plus rien. Ça me faisait trop mal qu'on me dise non.

Après les vacances de Noël dernier, elle est arrivée. Elle, c'est Jasmine. Ses parents avaient déménagé pendant les fêtes. Elle revenait à Montréal après avoir vécu dix ans à Toronto. Dès qu'elle s'est assise dans le cours de mathématiques, dans le groupe des super-enrichis, la classe s'est éclairée, comme si on avait installé un nouveau soleil au plafond. J'étais assis juste derrière elle et je respirais profondément. Ça sentait tellement bon que j'étais certain qu'elle s'était mis du parfum à mille dollars la goutte. Plus tard, quand j'ai appris qu'elle ne se parfumait jamais, je n'en suis pas revenu. Cette fille-là, elle avait de quoi donner des complexes au printemps. Quand le professeur lui a demandé son nom, elle a répondu Jasmine Stanton. C'était seulement un nom, mais c'était merveilleux. Son père était anglophone, elle parlait français avec un petit accent, on aurait dit de la musique.

Au début, elle avait un peu de mal avec les maths : elle avait fait ses études en anglais et il lui fallait traduire. Mais au bout d'un mois, elle était devenue une des meilleures de la classe. Et même meilleure que moi. Faut dire que j'étais distrait : pendant que le prof expliquait, je regardais son cou et je m'amusais à compter ses taches de rousseur. Tellement de taches que je pensais à l'infini. Je dessinais un petit huit penché, comme ça : ∞, et je me disais que lorsqu'il était jeune, l'infini était un huit ordinaire, debout comme un bonhomme de neige. C'est quand il a vu Jasmine qu'il est tombé et ne s'est plus jamais relevé.

J'étais hypnotisé. Il m'était déjà arrivé, évidemment, de regarder les filles de ma classe quand les cours étaient ennuyeux. Il m'était aussi arrivé de rêver jusqu'à ce que ça en devienne encombrant mais, avec Jasmine, c'était différent.

Les autres, je les regardais comme les gars regardent les filles : je photographiais les jambes, les seins, les fesses, la bouche, je rapportais les images chez moi et je les développais dans ma chambre noire. Mais Jasmine, j'étais incapable de la découper en morceaux. Impossible de la diviser, de la multiplier, de l'additionner ou de la soustraire. Elle défiait les opérations, elle était la preuve que les mathématiques ont des limites. Autour d'elle, il y avait une sorte d'enveloppe floue. C'est très difficile à expliquer, on ne voit pas ça souvent. Une espèce de brouillard, d'enveloppe de nuages qui la suivait partout. Toutes les autres filles avaient disparu une à une, comme les bulles de mon bain. Il est vraiment temps que je sorte si je ne veux pas avoir la peau plissée.

Faire couler l'eau, me rincer sous la douche, me brosser les dents, sécher mes cheveux... tiens, pose-toi là, petit magnétophone.

Six heures vingt-sept. Encore deux heures. Qu'est-ce que je vais faire ? En attendant, il faut arrêter l'enregistreuse. Pas envie de vous faire entendre le brossage de dents, les gargarismes et le séchoir. Encore une minute. Une minute pour dire que j'ai passé six mois à regarder le cou de Jasmine, six mois à compter ses taches de rousseur et, pendant tout ce temps-là, elle ne savait même pas que j'existais. Et plus je la regardais, plus je me disais que j'étais bête, que jamais une fille comme elle ne s'intéresserait à un gars comme moi.

6:35

Bonjour, mesdames et messieurs, et bienvenue à notre nouvelle émission radiophonique intitulée *La Vie des gens ni riches ni célèbres.* Ici Raymond Fafard, votre animateur préféré, qui vous parle en direct de sa propre maison, au beau milieu d'Anonyme City, dans le nord de l'Amérique, une ville avec seulement des bungalows, des cabanes à outils et des centres commerciaux, une ville où tout le monde s'ennuie, surtout moi, mais ça ne durera pas longtemps, je vous en passe un papier.

Au moment où je vous parle, j'enfile ma robe de chambre et je sors de la salle de bains, celle de l'étage. Je vous propose une visite guidée de mon bungalow ultra-moderne, construit en véritables briques et planches d'aluminium. C'est dans ce château qu'habite Raymond Fafard, celui qui ferait n'importe quoi pour que le temps passe plus vite et qui n'a pas peur du ridicule, surtout quand tout le monde est parti. Le père, la mère et la fatigante petite sœur sont en route pour Ottawa, pour rendre visite à des amis. La petite Odile boudera pendant tout le trajet parce que son papa ne veut pas qu'elle écoute ses cassettes *heavy metal* au volume maximal dans l'auto, mais à Ottawa ils auront la paix : Odile a une sorte de cousine là-bas. Elles vont passer tout leur temps à regarder leur collection de photos de groupes débiles et à s'entraîner à faire des grimaces. Raymond est donc seul à la maison ? Eh oui, absolument seul et ravi de l'être. C'est un garçon sérieux et digne de confiance. Il lave ses draps lui-même.

En ce moment, Raymond est dans la cuisine. Il est six heures trente-huit à l'horloge de la cuisinière, six heures trente-huit à celle du four à micro-ondes, six heures trente-huit à l'horloge murale, et six heures trente-neuf à la cafetière automatique. Pas moyen d'oublier l'heure dans une cuisine, ça doit être un complot des fabricants d'appareils ménagers pour que leurs employés ne soient pas en retard le matin.

Raymond ouvre la porte du réfrigérateur, s'étonne de ne pas y trouver une horloge, en sort une portion de pâté aux légumes préparé par sa grand-mère préférée, celle qui a beaucoup plus de goût en cuisine qu'en musique. Raymond ouvre la porte du four à micro-ondes, bip-bip-bip hourra, une minute de cuisson. Il en profite pour mettre le couvert. Il n'a pas vraiment faim, mais il faut bien qu'il mange. Pas trop lourd, pas trop riche, pas trop sucré. Par contre, on peut sans risque ajouter du sel et du poivre, beaucoup de poivre. Il ouvre la porte du frigo. Une bouteille de bière ? Il hésite quelques secondes et renonce. Non, pas question de prendre une bière : quand il en boit une, il en pisse huit, et ce n'est pas le moment.

Bip-bip. Cuisson terminée. Il sort le pâté, le touche du doigt, c'est encore froid. Bip-bip-bip, cuisson quatre minutes et dring, encore le téléphone. Je décroche : toujours rien. Je déteste ces imbéciles qui ne se donnent même pas la peine de s'excuser. Est-ce que je fais ça, moi ? Oui, quand ça répond en anglais ou en chinois. Mais c'est différent. Moi, c'est moi. Et puis, je ne téléphone jamais chez des gens qui attendent Jasmine pour faire l'amour pour la première fois de leur vie, jamais. Si ma mère était ici, elle dirait que ce sont peut-être des voleurs qui vérifient si la voie est libre... Non, Monsieur le Voleur, pas ce soir, s'il vous plaît. Ça m'énerve, ça m'énerve... Du calme. Il n'y aura pas de voleur. Un mauvais numéro, c'est tout. Un hasard.

En attendant, promenons-nous dans la maison, Mesdames et Messieurs. À votre droite, la salle à manger, celle qu'on n'utilise jamais. Au fond, le salon, avec un piano acheté parce qu'Odile avait fait une crise. Elle s'en est servi deux fois. Les plantes vertes, c'est une manie de mon père. Un souvenir de sa période « granola ». Je suis certain que dans le temps, il faisait pousser de la mari. C'est son genre. Il ne m'en a jamais parlé, mais j'ai surpris des conversations, avec maman... Et des drôles d'odeurs, quand il invite ses vieux amis. Moi ? Jamais pris ça, non, Mesdames et Messieurs. Ou plutôt oui. Je vous fais une confidence, en primeur. Une fois, quand j'avais quatorze ans, je voulais voir ce que c'était. Ça s'est passé ici même, dans le sous-sol, avec Patrick et Julien. Résultat : malades ! Comme il nous en est resté encore, on a remis ça la semaine suivante, chez Julien. C'était un peu mieux.

Je veux dire qu'on a été moins malades. Pour le reste, bof ! Depuis ce temps-là, fini. C'était quand même un geste grave : jamais je ne pourrai être candidat à la présidence des États-Unis. Mais je m'en fiche. Tantôt, on va sonner à la porte. J'irai ouvrir, j'accueillerai Jasmine, je lui dirai quelque chose de gentil... Ne pas penser à ça.

Si j'avais le temps, je vous ferais visiter le sous-sol. Il y a une salle de jeux avec télé, magnétoscope, La-Z-Boy et chaîne stéréo ; la chambre de ma sœur avec des posters débiles sur les murs, et la mienne. J'ai fait le ménage, c'était impeccable. Ensuite, j'ai fait un peu de désordre pour que ça ait l'air plus naturel. Mais je ne veux pas y aller tout de suite parce que ça va m'énerver et, de toute façon, je n'ai pas le temps, ça vient de faire bip-bip.

Retour à la cuisine. Le magnétophone Fisher-Price sur la table, je sors le pâté, je m'installe... Ça ne vous dérange pas trop que je parle en mangeant, j'espère ? Quand on veut tout savoir sur la vie privée des gens ni riches ni célèbres, il faut en subir les inconvénients.

Tantôt, j'ai parlé de Catherine. Pendant deux semaines, je suis sorti avec une fille. C'est court, deux semaines. Après Catherine, je m'ennuyais encore plus qu'avant. Heureusement qu'il y avait Patrick et Julien. Avec eux, je pouvais parler, faire le fou, perdre mon temps...

L'ennui, c'est qu'on parle souvent des filles. Quand ils me demandent comment ça va, je dis toujours que je suis sur une piste intéressante, mais que je ne veux rien ajouter. Parfois, ils parlent de sexe. Je fais évidemment semblant de tout savoir, j'invente des histoires qui me sont arrivées en vacances, très loin d'ici, des histoires qu'ils ne peuvent pas vérifier.

Oui, je suis menteur. Je n'aime pas ça, mais je le fais quand même. Je m'y sens obligé. C'est bête, je sais, mais il me semble que j'aurais l'air d'un imbécile si je leur avouais que mes seules expériences sexuelles se sont déroulées en haut de la ceinture, avec Catherine, que tout le reste, je le tiens de mes lectures, des vidéocassettes que je regarde avec eux, tard le soir quand les parents sont partis, et de mes cours de formation morale. Ça, c'est débile, les cours de morale. Depuis que je vais à l'école que j'entends parler des dix-huit moyens de contraception et de leur pourcentage d'efficacité, des quarante-sept sortes de maladies vénériennes et des moyens de les prévenir. Pourtant, pas une seule fois, on m'a appris ce que j'aurais vraiment voulu savoir : comment on fait pour convaincre une fille d'oublier tout ça, juste pour une fois ?

J'ai seize ans et je suis encore puceau. Ça, c'est l'inconvénient majeur d'être né en banlieue dans une famille à l'aise.

J'ai seize ans et tout ce que j'ai jamais vu, ce sont des vidéos qui me donnent mal au cœur. Il n'y a pas de quoi en être fier.

Patrick a déjà couché avec une fille, c'est certain. Au moins une. Julien aussi, mais je le soupçonne d'exagérer le nombre de ses aventures. Et moi, je fais le coq... Mais ce soir, ce sera vrai, et je parlerai en connaissance de cause. Ou plutôt non, je ne dirai rien, ça ne les regarde pas. Et j'ai déjà trop parlé, d'ailleurs. Pourquoi est-ce que je suis allé leur dire de ne pas venir me déranger ? C'est idiot. Et le petit sourire qu'ils avaient, hier soir, comme s'ils préparaient un mauvais coup...

Non, ils ne seraient quand même pas capables de me faire ça ? Pas eux, non, c'est impossible. Et Jasmine, qu'est-ce qu'elle dirait si elle les voyait arriver ? Ce serait fini, tout à fait fini, à cause d'une bêtise, d'un mot de trop. Ils me prépareraient une surprise ? Non, quand même... Et le téléphone ? Et si c'était Julien qui appelait, seulement pour vérifier si je suis bien à la maison ?

Un enterrement de vie de garçon.

J'ai déjà vu ça une fois, dans ma rue. C'était l'été dernier, je pense. Un pauvre gars qu'on faisait parader dans une camionnette, d'autres gars qui le badigeonnaient de moutarde, de mélasse et de cochonneries... Dégueulasse. Il y a des jours, franchement, où on n'est pas fier d'être un mâle, vraiment pas fier.

Ils me prépareraient un coup dans ce genre-là ? Pas eux, quand même. C'est parce que je m'énerve que j'ai des idées idiotes. Un mauvais numéro, c'était un mauvais numéro. Deux fois de suite ? Coïncidence.

Je range mon assiette dans le lave-vaisselle. Non, il n'y a pas d'horloge sur le lave-vaisselle, ni à l'intérieur de l'armoire où je prends des biscuits, ni au fond de mon verre, ni dans le frigo — je l'ai déjà dit — , ni sur le pot de lait.

Ce qu'il y a de bien, quand on ouvre la porte d'un frigo, c'est qu'il y a toujours une petite lumière dedans. C'est rassurant. Durant l'été, je n'en ai pas eu beaucoup, de petites lumières. L'été le plus ennuyeux de ma vie. Patrick était parti au bout du monde avec ses parents. Julien travaillait dans une colonie de vacances. Mixte, évidemment. Avec tout plein de petits campeurs qui se couchent très tôt et de monitrices qui se couchent plus tard.

Pas d'amis. Quant aux filles, n'en parlons pas. Il n'y a pas de cours de mathématiques pendant l'été, je ne les intéresse donc pas. Je me sentais comme un chien qu'on abandonne au bord de l'autoroute avant de partir en vacances.

Heureusement que je m'étais trouvé un emploi. Je travaillais dans une station d'essence. Un libre-service. De nuit. Les clients me donnaient leur carte de crédit, je leur demandais s'ils voulaient un coupon pour le lave-auto. Brillantes conversations. Quand il n'y avait pas de clients, j'écoutais la radio, je mangeais des *chips,* je lisais les journaux, parfois des romans, je regardais passer les autos et je pensais aux taches de rousseur, sur le cou de

Jasmine... Je n'ai même pas été victime d'un hold-up. Ça m'aurait au moins fait quelque chose à raconter.

Jamais je n'avais gagné autant d'argent de poche. Si j'avais eu une amie, j'aurais pu aller au cinéma chaque soir et même l'inviter à manger dans un grand restaurant. J'aurais mis une cravate, j'aurais montré mon argent au serveur pour qu'il me laisse entrer, il m'aurait donné la plus mauvaise table, près des toilettes ; je me serais vengé en ne lui donnant pas de pourboire et en me conduisant comme un adolescent détestable. Après le repas, j'aurais pu louer une chambre dans un grand hôtel et nous faire apporter du champagne, comme dans les films. Nous, ça aurait pu être moi et n'importe qui. Mais je n'avais même pas de n'importe qui dans ma vie.

J'aurais pu aller me ramasser une fille sur la rue Saint-Laurent. Seulement par curiosité. Pour savoir comment ça marche. Pour voir si j'étais capable. Mais je n'ai pas pu. À cause des maladies, évidemment. Mais aussi parce que je sais ce qui se passe dans la tête de la fille. Et ça, je ne veux pas qu'on le pense de moi. J'aimais mieux rester puceau que de marcher sur mon orgueil.

Mon argent, je le déposais à la banque. Le jour, je dormais dans mon sous-sol de bungalow ou bien j'engueulais Odile parce qu'elle faisait du bruit ou bien j'allais louer des comédies même pas drôles au vidéoclub. Je me suis tellement ennuyé que j'en avais mal au ventre. Il faut que je m'en souvienne toujours. C'est ce qui m'a permis d'être patient avec Jasmine. Et je le suis encore.

Supposons qu'elle arrive, tantôt, et qu'elle me dise qu'elle n'est pas prête. Supposons qu'elle téléphone pour m'annoncer qu'elle ne se sent pas bien, qu'elle préfère remettre notre rendez-vous à une autre fois. Eh bien, j'accepterais. Jasmine, qu'elle soit dans mon lit ou non, c'est toujours infiniment mieux que l'ennui.

C'est pour ça qu'il faut que je reste calme. C'est pour ça qu'il faut que je pense à autre chose. Ce n'est quand même pas si terrible, ce qui va m'arriver ; ce n'est pas la fin du monde. Simplement la vie qui continue. Pas de quoi s'énerver. Tout le monde le fait. C'est na-tu-rel. Tous les animaux le font sans même avoir suivi de cours. Je devrais donc, en toute logique, être aussi « performant » qu'un bison, un raton laveur ou un poisson. (Soit dit entre nous, ça ne doit pas être le trip, la méthode poisson... La maman poisson qui pond ses œufs n'importe où, le papa qui passe par là, un peu plus tard, et qui répand sa semence... La nature a bien fait de continuer à évoluer.) Ne pas regarder les horloges et ranger mon verre dans le lave-vaisselle.

C'était au milieu de la nuit, l'été dernier. J'étais enfermé dans ma cabine de verre, entre des sacs de *chips,* des caisses d'huile à moteur et des petits sapins verts qu'on accroche dans les autos pour que ça sente mauvais. Une nuit tranquille. Une auto arrive. Je regarde distraitement le client qui vient déposer sa carte de crédit, puis qui fait le plein. Une familiale. Sur le toit, un porte-bagages chargé de valises, de parasols et de chaises pliantes. Le bonhomme lave ses vitres, c'est long à cause des insectes qui y sont collés. Il s'approche de la cabine pour signer le reçu. Et puis je vois Jasmine qui sort de l'auto. Elle est en short et en t-shirt. Toute bronzée. Mon cœur se met à battre. Elle était sortie pour se dégourdir un peu les jambes, je pense. Je lui fais signe à travers la vitre de la cabine. Elle m'aperçoit, elle est aussi surprise que moi. Quand son père sort de la cabine, elle y entre.

— Salut ! Qu'est-ce que tu fais ici ?

— Je travaille. C'est le garage de mon oncle.

— Ça doit être ennuyant !

— Très. Je lis un peu, pour passer le temps... Et toi, d'où tu viens ?

— De Caroline du Sud, avec ma famille.

— C'était bien ?

— Bien ennuyant. Je ne pouvais
même pas lire, le soleil était trop fort.

On a ri un peu et puis elle m'a dit que
son père l'attendait, qu'il fallait qu'elle
parte.

C'est tout. C'était il y a presque un
an, mais on dirait que c'était hier. Quand
elle est entrée dans son auto, j'ai vu son
père se tourner vers elle. Il était facile de
deviner la conversation : « Tu le connais ? » « Oui, un garçon de la classe. »
« Ah bon ! »

Ensuite, le père a pensé à autre chose,
sa fille aussi, sans doute. Ils ne se dou-
taient pas qu'un an plus tard, le huit juin,
l'employé du garage attendait chez lui
que Jasmine vienne le rejoindre... Moi
non plus, je ne m'en doutais pas. J'étais
resté tout seul avec mes sapins qui sentent mauvais, dans ma prison de verre, à
regarder passer les autos.

C'était ma dernière nuit de travail. Le lendemain, je partais en vacances dans le Vermont, avec ma famille. Deux semaines de montagne, deux semaines dans les vrais sapins. Deux semaines à me demander ce qui se serait passé si j'avais continué à travailler : et si elle était revenue, le lendemain ? Ça aurait peut-être été l'occasion de ma vie ? Mais pour le moment, il faut tourner la cassette.

7:03

M'entendez-vous encore ? Si je parle
tout bas, c'est à cause des voisins. Pas
envie qu'ils me prennent pour un fou,
avec mon magnétophone Fisher-Price. Je
me suis installé dans la cour. Pourquoi ?
Je ne sais pas, il fallait que je sorte pour
ne pas devenir fou. Je passais mon temps
à regarder le téléphone et à me demander
s'il sonnerait encore, si Patrick et Julien
me préparaient vraiment un mauvais
coup... S'il sonne encore, je ne l'entendrai
même pas. Et puis dehors, il n'y a pas

d'horloge. Pas besoin : j'en ai une dans chacune de mes cellules. Je suis la grande aiguille qui essaie de rejoindre la petite. Elle y arrivera, c'est certain.

Je me suis préparé un café et je suis allé m'asseoir dans une chaise longue, sur la terrasse. Devant moi, du gazon. Une petite affiche nous avertit qu'une entreprise d'entretien des pelouses vient d'y asperger un cocktail de produits chimiques destinés à tuer toute forme de vie. En petits caractères, on recommande de ne pas brouter l'herbe. D'après mon père, très au courant de ces choses-là, ces produits ne sont pas nocifs pour l'environnement. Voyons donc. Et les pissenlits, ça ne fait pas partie de l'environnement, peut-être ? Mon père déteste ce genre de remarque. Quand j'étais plus jeune, à l'âge de ma sœur, je ne m'en privais pas. Ça fait toujours plaisir de déboussoler ses parents à coups de logique. Maintenant, je laisse ce plaisir à ma petite sœur.

À part les produits chimiques, ça

sent le barbecue. Côtes levées au ketchup, je dirais. Ça vient de loin, presque du coin de la rue. Ça sent le chlore, aussi. Le voisin qui vient d'assaisonner sa piscine. Par-dessus tout ça, l'odeur du gazon coupé, évidemment. La banlieue.

Je disais donc que j'étais passé soudainement des sapins au parfum artificiel aux vrais sapins, dans le Vermont. Vacances en famille, avec les parents. Nous avons l'habitude de louer un chalet, près de Montgomery, et surtout près de la piste des Indiens. Quatre cents kilomètres de sentiers en pleine forêt. Depuis que je suis tout petit, nous passons toujours nos vacances au Vermont. Toujours dans le même chalet. Il n'y a pas de lac, mais on peut marcher jusqu'à une rivière qui a fait plein de chutes. Pas de quoi nager, mais pour prendre des douches froides, c'est génial. Et puis il y a un court de tennis et une petite piscine. Mes parents aiment bien le tennis. Ils ont tout ce qu'il faut : les raquettes de luxe, l'auréole élastique autour de la tête, deux autres autour des poignets, les souliers, le short et la jupette... C'est en les regardant jouer au tennis que je me suis mis à réfléchir à toutes sortes de choses. À propos de moi, de la vie, de Jasmine.

J'étais allé faire une longue promenade dans le bois, tout seul. J'avais « les bleus ». Je pensais aux filles, évidemment. Comme toujours. En revenant de ma promenade, j'entends poc poc. Je ralentis le pas. Un peu plus loin, je distingue des voix. Mes parents, pas d'erreur. J'ai eu envie de les espionner, comme quand j'étais petit. Une drôle d'idée, franchement, quand j'y repense. Mais bon, je suis comme ça. Quand j'aurai quatre-vingt-cinq ans, je donnerai encore des coups de pied dans les canettes pour marquer le but gagnant du septième match de la coupe Stanley. Mon père a presque cinquante ans et il le fait encore. Et chaque fois, il me dit que c'est le dernier avantage qu'ont les hommes sur les femmes. Il est bizarre, mon père. C'est quand même vrai que les gars sont souvent plus fous que les filles. Plus débiles aussi, malheureusement.

Bon, je disais que j'allais espionner mes parents. Je m'approche encore un peu, tout doucement, et je m'arrête derrière un arbre. D'où je suis, je peux tout voir, tout entendre. À part lorsqu'ils crient « set » ou « out » ou « service », ils ne parlent pas. Il n'y a que les poc poc de la balle, le bruit des souliers sur la terre battue, et les oiseaux au-dessus de tout cela.

Ils ont joué pendant une heure, sans rien se dire. Même quand ils allaient boire un peu d'eau, après chaque manche, ils ne se disaient rien, ou presque.

À la fin de la partie, ils sont rentrés au chalet. Je les ai suivis. Ils ne se tenaient pas par la main, ne s'embrassaient pas, ne parlaient pas d'amour. Ils se disaient des choses banales : Est-ce que Raymond rentrera bientôt de sa promenade ? Odile est-elle encore à la piscine ? Qu'est-ce qu'on pourrait bien préparer pour souper ? Des choses simples, sans conséquence. En rentrant au chalet, ils ont pris une douche et puis ils se sont installés sur la véranda, avec un livre. C'est tout.

Je trouvais ça bizarre. Mais le plus bizarre de tout, c'est que je ne savais même pas ce que j'y trouvais de bizarre au juste. Qu'ils ne se parlent pas ? Normal : après vingt ans de mariage, qu'est-ce qu'ils pourraient encore se dire ? Que je les voie comme s'ils étaient des étrangers ? Oui, peut-être. Mais il y avait aussi autre chose.

Quand Odile est rentrée, elle a demandé : « Quand est-ce qu'on mange ? » puis elle est allée s'enfermer dans sa chambre avec Dave, son ami américain. Oui. Odile. Treize ans, et déjà un « petit ami », comme disent mes parents. Frustrant, non ? Et le pire, c'est qu'elle ne rate pas une occasion de me narguer...

Il suffit qu'elle reste deux minutes étendue sur une chaise longue, au bord de la piscine, pour qu'aussitôt les gars rappliquent comme des mouches. Il n'y a pas de justice. Mais oublions ça. Ce que je voulais dire, c'est qu'Odile avait encore fait jouer ses cassettes *heavy metal*. Pas de respect pour le silence. J'étais comme ça, moi aussi, à son âge. Bien trop occupé par ma petite personne pour regarder vivre les autres...

Oui, c'était bizarre de voir mes parents comme des étrangers. Mais plus bizarre encore, c'est que j'ai repensé à la conversation que j'avais eue avec Jasmine, au garage. Sept ou huit phrases, pas plus. Des phrases banales, sans conséquence. Et pourtant, j'avais l'impression que c'était important. De quoi avait-on parlé ? Du garage, de ses vacances en Caroline, de l'ennui. Rien de très prometteur. Son attitude ? Elle était bien ordinaire. Elle était surprise de me voir, évidemment, comme c'est toujours le cas quand on rencontre quelqu'un dans un contexte inhabituel. Un garage, c'est loin de l'école et des livres de maths. Elle avait été gentille, sans plus.

Dans les films d'amour, le héros dit toujours ce qu'il faut au bon moment, sans hésiter, et la fille trouve tout de suite la bonne réplique. Mais dans la vraie vie, il n'y a pas de scénariste pour trouver des phrases qui font des étincelles à tout coup. Il y a seulement des phrases comme en disent mes parents en revenant du tennis, ou comme celles de Jasmine au garage...

Pendant toutes les vacances, ça m'a chicoté. Il n'y avait rien eu entre nous, il ne s'était rien passé, et pourtant j'avais l'impression d'avoir posé la première brique d'un édifice qui irait jusqu'au ciel.

Cent fois, j'ai eu envie d'écrire à Jasmine. Quand je marchais dans le bois, je composais dans ma tête de longues lettres enflammées. Je rentrais au chalet pour les écrire et j'arrêtais dès la première phrase. Je me sentais ridicule. Je sentais surtout que c'était la pire chose à faire. Et j'avais bien raison.

Un peu plus tard, j'ai eu l'idée d'écrire un petit mot, rien de compromettant. Quelque chose de bien tourné, d'un peu drôle, deux ou trois phrases. Parler des sapins qui sentent mauvais et de ceux qui sentent bon, faire un rapport avec les mathématiques... Parfois, je pensais avoir trouvé la formule idéale. Je l'écrivais sur un bout de papier et le lendemain je déchirais ma lettre. C'était toujours trop ceci ou pas assez cela. Finalement, à la veille de rentrer chez moi, je me suis rendu compte que j'étais idiot : je n'avais même pas son adresse.

Mais ce n'était pas si idiot, non. Pendant tout ce temps-là, je n'avais pas eu les bleus. Et je m'étais habitué à une drôle d'idée toute simple : la patience.

Quelque chose était commencé, je le sentais. Une porte était ouverte. Entrebâillée. Il ne fallait pas agir comme les colporteurs dans les albums d'Achille Talon, il ne fallait pas entrer dans le magasin de porcelaine avec un bulldozer. Patience, Raymond.

Je ne sais pas si c'est parce que je parle tout bas, ou bien parce que je suis dehors, ou bien parce que le temps où Jasmine viendra me rejoindre approche, mais je trouve qu'il est bien long, ce côté de cassette. Patience, Raymond. Encore une heure et demie à attendre. Six fois quinze minutes.

Patience. Quand elle va arriver, il ne faut rien précipiter. Surtout, ne pas avoir l'air du gars qui ne pense qu'à ça. *Cool*. Elle arrive à huit heures trente, pas avant. Tu l'attends dans la cour. Tu fais semblant de lire un livre. Quand elle arrive, tu souris. Tu parles de choses et d'autres. Tu l'invites à venir s'asseoir dehors, mais pas trop longtemps, à cause des voisins. Tu entres avec elle. Pas touche. Pas sauter dessus aussitôt la porte fermée, non. Tu lui offres un verre. N'importe quoi, du jus, de la bière, de l'eau minérale. Mieux encore : de la tisane. Ça détend. Tu bois la tisane au salon, tranquillement. Ensuite, mettons vers neuf heures, tu l'invites au sous-sol. Pour quoi faire ? Pas pour écouter la télé, tout de même. Un disque ? Banal. Trouver quelque chose. « Tu viens en bas, il fait plus frais ? » Ce n'est pas fort. Mais, bon, il ne faut pas tout prévoir, quand même. Il faut que ce soit naturel. Na-tu-rel. Facile à dire.

Bon, supposons qu'on soit descendus. Là, ça commence à être sérieux. Pas de gaffe, pas de précipitation. Le store est déjà baissé, toujours ça de pris. La lampe de ma table de travail est allumée. C'est préférable. Allumer une lampe avec élégance et naturel, ce n'est pas donné à tout le monde. J'aurais pu allumer la lampe de chevet, mais j'aimais mieux pas. Trop direct. Les huit condoms sont dans le tiroir. Chaque chaset... saque sachet... Chaque sachet est détaché, pas comme des sauchisses. Saucisses. Et chaque

65

sachet est un peu déchiré, pas trop pour ne pas que ça sèche, mais un peu pour que ça s'ouvre mieux. Répétez après moi : chaque sachet de saucisses sèches est déchiré. Bon Dieu que le temps est long !

Ensuite je ne dirai pas un mot, je pense que c'est préférable. Doucement, tout doucement. Pas de musique, rien. Rien que Jasmine et moi. Rien que nous deux. File, ruban, file. Quelle heure est-il ? Sept heures vingt, à peu près. Peut-être que je ferais mieux de rentrer. On ne sait jamais, si elle téléphonait ? Non, elle ne téléphonera pas. Elle doit faire croire qu'elle reste à la maison, qu'elle ne sortira pas. Je devrais décrocher le téléphone. Arracher le fil. Mais surtout, me rentrer les mains dans le cerveau et arracher toutes les mauvaises idées. Ensuite respirer bien profondément et me convaincre que tout va bien se passer. Respirer.

7:20

J'ai oublié de parler du bureau de
mon père. Une petite pièce qui donne sur
la cour, à l'arrière de la maison. Une
bibliothèque pleine de livres de politique
et de dictionnaires, un ordinateur, un
classeur débordant de coupures de journaux. Tout ce que vous ne voulez pas
savoir sur la Roumanie ou la Papouasie,
c'est là, il n'y a qu'à ouvrir un tiroir.
Quand j'étais plus jeune, mon père s'en-
fermait souvent dans son bureau. Il disait que c'était pour travailler, mais je

pense plutôt qu'il voulait simplement avoir la paix. Maintenant que ses enfants ont grandi, il n'y retourne presque jamais et c'est tant mieux. Le bureau, c'est devenu une pièce en dehors du temps. L'endroit rêvé pour rêver. Un espace pour rien. J'aime cette pièce. Surtout à cause du fauteuil inclinant. Super confortable. Demain, peut-être, j'y ferai jouer le magnétophone Fisher-Price et je transcrirai tout ce que je raconte en attendant Jasmine. Demain ? Pas sûr. Ça dépendra de ce dont j'aurai l'air. Non, pas de pensées négatives. Demain, tout ira bien.

Quand je suis rentré, tout à l'heure, le téléphone a encore sonné. J'ai hésité un peu avant de répondre, puis j'ai décroché. Cette fois-ci, il y avait quelqu'un au bout du fil : Julien. Il voulait savoir ce que je faisais ce soir, et si je ne faisais rien, il me proposait d'aller à un party chez des gens qu'il connaissait, à l'autre bout de la ville. Il y aurait une piscine et des belles filles, Patrick viendrait avec nous... J'ai répondu que j'avais rendez-vous avec Jasmine, il a fait l'innocent et il a raccroché.

C'est une ruse, c'est sûr. Il le savait que j'avais ce rendez-vous, je le lui ai dit pas plus tard qu'hier soir. Il voulait simplement savoir si j'étais à la maison, c'est tout. Et puis il m'a bien semblé entendre la voix de Patrick, derrière...

Et puis non, je me fais des idées. Peut-être qu'il avait vraiment oublié, après tout. Il n'est pas nécessairement aussi obsédé que moi. N'empêche que je ferais peut-être mieux de téléphoner à Jasmine pour la prévenir. La prévenir de quoi ? Il faudrait lui avouer que j'ai tout raconté à mes amis, elle le prendrait mal... Lui dire que j'ai changé d'idée, qu'il vaudrait mieux aller ailleurs ? Chez elle ? Ou encore dans un de ces motels... Non, ce serait trop bête. Patrick et Julien ne me feraient pas ça, non, et puis je suis capable de me défendre. Me défendre ? De quoi ? Est-ce que j'imagine vraiment qu'ils pourraient me couvrir de mélasse et de moutarde ? Mon cerveau est comme un vieux téléviseur déréglé, il faudrait que je tape dessus pour en rétablir l'image.

Pour le moment, j'ai envie de parler de mes professeurs. Pour passer le temps, c'est sûr, mais aussi pour autre chose. Quand je suis revenu du Vermont, j'étais déjà le nouveau Raymond revu et amélioré. Pendant les vacances, je m'étais entièrement redessiné par en dedans. En dehors, j'étais évidemment toujours pareil, avec mon gros nez, ma tête pointue et mes dents mal alignées. C'est en dedans qu'il s'était passé quelque chose. Je me sentais comme plus spacieux, plus confortable, mieux équipé. D'abord parce que j'avais décidé d'arrêter de penser à mon gros nez et à mes dents. Arrêté aussi de me faire des drames avec les filles. Et puis j'avais décidé de vivre une histoire d'amour avec moi. C'est drôle de dire cela, je sais, n'empêche que c'est une bonne idée. Avec les filles, mes histoires d'amour avaient été plutôt courtes. Tandis qu'avec moi j'en aurais pour toute la vie, que je le veuille ou non. Toute une vie dans la peau de quelqu'un qu'on n'aime pas, c'est long. Alors, j'ai décidé d'apprendre à m'aimer. De m'habituer à moi-même comme je m'étais habitué à mon prénom. Pas facile. Comment ils font, les autres ?

Les autres... J'avais déjà commencé à espionner mes parents, pourquoi ne pas continuer ? Essayer de regarder les autres comme s'ils étaient des étrangers. Comme si j'étais un journaliste extra-terrestre. Essayer de les comprendre pas seulement pour ce qu'ils me font à moi, mais pour ce qu'ils se font à eux. Ça ne m'empêchait pas de penser aux filles, évidemment, mais je m'étais dit que ce n'est pas en tirant sur les fleurs qu'on les fait pousser, que de m'apitoyer sur mon sort ne m'aiderait pas.

J'ai commencé avec les professeurs. C'était le plus facile. Ils sont payés pour qu'on les regarde, après tout. Une nouvelle année scolaire, des nouvelles têtes et plein de temps libre.

Lundi matin, cours de français. Mme Proulx. Cinquante ans, l'air d'une grand-mère, les lèvres un peu pincées, pas très sympathique. Pendant qu'elle fait l'appel, je remarque que ses mains tremblent un peu. Bizarre. Ensuite, elle nous fait un petit discours. « Le français, c'est important; je ne veux pas faire de discipline », bla-bla-bla. Je n'écoute plus. J'essaie de l'imaginer en maillot de bain, sur la plage. Ou bien en train de préparer un repas en écoutant des chansons d'amour à la radio. Ou bien dans son lit. Avec son mari ou son amant ? Toute seule, peut-être ? Oui, toute seule. Tout à coup, elle est devenue vivante. Avec ses rhumes, ses maux de dents, ses complexes, ses problèmes. Être professeur, c'est facile : on fait comme les autres profs. Mais comment fait-elle pour être elle-même en se brossant les dents, le matin ? Comment les gens font-ils pour être toujours différents et toujours semblables en même temps ?

Je reviens sur terre, et j'écoute ce qu'elle dit. Elle nous parle des romans que nous aurons à lire. *L'Écume des jours,* de Boris Vian. *L'Avalée des avalés,* de Réjean Ducharme. *Le Père Goriot,* de Balzac. Plus la liste s'allonge, plus ça panique au fond de la classe. Il faut dire qu'en français je ne suis pas hyperbolle. Et même pas « bolle » tout court. Un groupe régulier. Comme l'essence. Sans plomb. En composition et en orthographe, je suis pourtant passable, quoique les profs me disent toujours que je fais des phrases trop courtes. Le problème, c'est qu'on ne fait pas assez de compositions et beaucoup trop d'analyses de texte. « D'après vous, quels sentiments l'auteur a-t-il voulu transmettre dans ce passage ? » Je ne sais pas, je ne sais jamais, les questions sont trop floues et quand je dis ce que moi je pense, je ne trouve jamais la réponse que les profs veulent que je donne. C'est pour ça que je suis dans un groupe régulier en français.

L'avantage, c'est qu'on ne travaille pas trop fort. La liste des romans s'allonge, les visages aussi. Moi, je n'ai rien contre Balzac. J'en connais qui sont en cinquième année du secondaire et qui trouvent que les romans de La courte échelle sont trop longs. Il serait peut-être temps qu'ils passent à autre chose...

Il faut croire que je suis le seul à penser cela. Au fond de la classe, ça commence à bougonner. Pas trop fort au début, mais quelqu'un finit par lâcher un gros « ouache ». Tout à coup, la classe devient un camp de concentration. Mme Proulx se transforme en mirador, ses yeux sont des projecteurs qui balaient la classe. « Qui a dit ça ? Qui a dit ça ? »

La voix est venue du fond, mais pas moyen de trouver le coupable. Mme Proulx parle de respect, de savoir-vivre, bla-bla-bla, et elle recommence à parler du roman de Balzac. Moi, je regarde ses mains qui tremblent et je me demande ce que je ferais à sa place. Tout à coup, je ne suis plus moi-même. C'est une expérience vraiment bizarre.

Le reste du cours, les élèves ont bougonné en silence. La guerre n'était pas encore commencée. Quand la cloche a sonné, je suis sorti le dernier. Quand je suis passé à côté de Mme Proulx, je l'ai entendue pousser un long soupir. Un soupir de soulagement, mais avec un zeste d'inquiétude. Les choses ne s'étaient pas passées comme elle l'avait voulu, mais ça ne l'empêchait pas de s'en aller dans une autre classe et de recommencer à parler de Balzac, en espérant peut-être qu'elle finirait par convaincre les élèves que le français est important. Il y a toujours quelque chose entre les rêves et la réalité. Comment fait-elle, Mme Proulx ? Elle pousse un soupir, et elle continue.

Banale, mon histoire. Mais ce qui n'est pas banal, c'est que je n'avais pas pensé à moi-même de tout le cours. Je n'avais même pas regardé les filles pour voir s'il y en aurait eu une nouvelle. Et ce qui est encore plus extraordinaire, c'est que, tout de suite après mon cours de français, j'allais à mon cours de maths. Mon cours de maths spécial pour super-enrichis. Mon cours de maths avec l'infini dans le cou de Jasmine.

Vous me croirez si vous voulez, mais, en chemin, je n'ai pas pensé à Jasmine. Je pensais encore à Mme Proulx. Je me disais que sa vie continuait, et que c'était toujours comme ça. La vie continue toujours, ça ne sert à rien de s'en faire. On se promène dans la vie comme dans les corridors d'une école, d'une salle de classe à l'autre. Tout ce qui compte, c'est d'être attentif à ce qui se passe. Des petits hasards. Des petites surprises. Par exemple le fait de ralentir le pas pour réfléchir à tout ça, et justement parce que je ralentis le pas, je me rends compte que Jasmine est là, juste à côté. Nous rentrons en même temps dans la classe de maths. Par hasard. Tout naturelle-ment, nous nous assoyons à nos places habituelles. Première rangée, près du mur. Elle devant, moi derrière. Et moi, je ne suis plus obsédé.

En attendant que le prof arrive, on papote un peu. Elle me dit qu'elle m'a trouvé songeur, tout à l'heure, dans le corridor. Je réponds que j'étais dans la lune. Je lui dis qu'elle est bronzée. Elle répond que ça va partir bien vite, à cause de son teint. Elle ajoute ensuite qu'elle a eu un peu pitié de moi, le jour où elle m'a vu au garage, mais que maintenant j'ai l'air mieux. Je réponds que les néons, ça donne toujours un teint vert, que de respirer de l'essence et des sapins au parfum artificiel, ça n'aide pas, mais que les vrais sapins du Vermont... le prof entre alors et on se tait.

Le prof, ou la prof, je ne sais plus ce qu'il faut dire (peut-être la proffe ?), s'appelle Mme Paquet. Une femme assez jeune. Pas laide. Ce qui est rare dans notre école. Elle commence tout de suite à nous faire travailler. Des exercices de révision. J'aime bien quand ça commence vite. On perd beaucoup de temps dans les autres cours, mais jamais en maths. Pas de bla-bla, des problèmes. Je me demande d'ailleurs pourquoi la plupart des profs tiennent tant à s'expliquer en début d'année. C'est une perte de temps : ils sont là pour enseigner, et nous pour les subir. Puisque tout le monde le sait, pourquoi ne pas commencer tout de suite avec des problèmes ?

La prof pose des questions à la classe ; on répond comme on peut, c'est-à- dire assez mal. Si Mme Paquet veut nous montrer qu'on est rouillés, elle a réussi. Ensuite, elle distribue des feuilles d'exercices. Il faut travailler seul pendant trente minutes avant de vérifier nos réponses en équipe. O.K. Je regarde ma feuille, la rouille s'en va tranquillement ; au bout de quinze minutes, j'ai terminé. Jasmine aussi, mais il faut attendre les autres.

Je regarde le cou de Jasmine,

évidemment. Les taches de rousseur se sont multipliées pendant l'été. Il y a même des taches dans d'autres taches, comme des sous-ensembles. Mais entre les taches, c'est encore blanc. De quoi rêver pendant des heures. Et de quoi donner des idées encombrantes dans une salle de classe, un lundi matin. Je détache mon regard et je révise mon exercice. C'est mieux.

Il reste encore cinq minutes avant de travailler en équipe. Je décide de sortir une autre feuille de papier et d'écrire ce que je pense.

1- Elle te parle. Elle s'inquiète de ta santé. C'est bon signe. Ne pas s'énerver.

2- Arrêter de regarder son cou, ça ne sert à rien.

3- L'observer. Savoir ce qui l'intéresse. Lui parler comme si c'était un gars. Comme si elle était Patrick ou Julien. Na-tu-rel.

4- Elle va encore être là au prochain cours. Rien ne sert de courir. Pas de panique.

5- Elle peut devenir une amie. Ce serait déjà ça. C'est possible ? Oui. À condition de ne rien précipiter.

6- Apprendre ce message par cœur, et détruire.

Je n'ai pas détruit le message. Je l'ai conservé dans mon livre de maths pour le lire et le relire au début de chaque cours.

Maintenant, je n'ai plus de papier. Seulement une petite cassette qui arrive au bout de son rouleau. Il est sept heures trente-cinq, et tout va bien. Respirer profondément. Ne rien précipiter. Ne pas s'énerver. Rester ici, on est bien.

C'est tout de même louche que le téléphone n'ait pas sonné une seule fois depuis l'appel de Julien. C'est la preuve que j'avais raison d'avoir peur. Tout ce qu'il voulait savoir, c'était si j'étais à la maison. Maintenant qu'il le sait, il va passer à l'attaque.

Si jamais ils me font ce coup-là, je les tue.

7:40

Le problème, dans la vie, c'est le cinéma. D'abord parce que les comédiens sont trop beaux. Ça donne des complexes à tout le monde. Et puis, c'est trop facile. Deux ou trois phrases et paf, la fille est amoureuse. Deux secondes plus tard, ils sont dans un lit grand comme ma chambre. Le lit est dans un loft super bien décoré ; ils n'ont jamais le rhume, jamais de nœuds dans leurs lacets. Pas de problème de musique non plus. Ça commence juste au bon moment. Ils sont tout seuls dans la grande chambre, et tout à coup l'orchestre se met à jouer. Chaque fois, je me demande si les musiciens sont cachés dans la garde-robe.

La vraie vie, ça ressemble plutôt à un roman de Balzac. C'est long et c'est plein de descriptions inutiles. Dans la vraie vie, c'est plein de cours de géographie, d'histoire, de formation personnelle et sociale. Plein de verbes irréguliers et de participes passés mal accordés. Plein de petites sœurs qui font des crises quand on téléphone à Jasmine. Plein de sapins qui sentent mauvais, de travaux à remettre, de lacets qui cassent, de stylos qui rendent l'âme au milieu de l'examen, de publicités débiles pendant les bons films, de politiciens, de pollution, de professeurs désabusés, de cailloux au bout des souliers, de fils barbelés, de filles qui rêvent aux vedettes et de gars qui regardent des films pornos.

Mais dans la vie, il y a aussi Jasmine. Nous sommes toujours dans le cours de maths. Le moment est venu de travailler en équipe. Il y a Jasmine et moi, moi et Jasmine, plus deux filles anonymes. Anonymes et un peu rouillées. Alors Jasmine explique l'exercice à une des filles pendant que j'essaie d'aider l'autre. Quand la cloche sonne, je dis à Jasmine qu'on devrait demander à Mme Paquet de nous donner une partie de son salaire, puisqu'on a fait son travail. Jasmine sourit, elle range ses cahiers dans son sac, et c'est tout.

C'était très bien comme ça. Si je l'avais invitée à aller au cinéma, ou bien quelque chose dans ce genre-là, je ne serais pas en train de parler à un magnétophone Fisher-Price. Je serais allé à Ottawa avec mes parents et je me serais ennuyé.

L'après-midi, on avait un cours de formation personnelle et sociale. FPS, comme on dit. FPS, comme dans Facile, Plate et Stupide. Ou bien comme dans Faut Pas S'en faire, on est ici pour perdre notre temps. Le prof qui nous enseigne ça s'appelle M. Tarte. C'est son vrai nom. Le seul prof de l'école à ne pas avoir de surnom, c'est lui. On l'a engagé pour enseigner la physique. Ensuite, on lui a fait enseigner le français, la géographie, la catéchèse, l'économie domestique, et puis il est devenu concierge. Il donne la FPS pour compléter sa tâche. Deux heures de platitudes. On en profite pour faire nos devoirs.

J'entre dans la classe. J'aperçois Jasmine. Elle est assise en avant, comme d'habitude. Je ne m'attendais pas à ce qu'elle soit dans le même groupe que moi. Sur le coup, je panique un peu. Je me dis que je devrais en profiter pour aller m'asseoir derrière elle, mais je résiste et je me trouve une place un peu plus loin. En diagonale, quand même, pour la garder à portée de vue. Quand je vois Stéphane qui va s'asseoir derrière elle, je m'en veux. Stéphane, c'est la coqueluche de la classe. Pas parce qu'il ressemble à une vedette, non, mais plutôt parce que c'est déjà une vedette. Merde. Merde sur le coup, mais pas à la longue. Et même qu'à la longue ce serait plutôt : Merci, Stéphane.

Tarte nous passe des piles de feuilles. Il dit qu'il faut apprendre à nous connaître nous-mêmes. On le voit venir avec ses gros sabots : ça veut dire qu'on va passer le cours à faire des tests de personnalité pendant qu'il va aller fumer des cigarettes dans la salle des profs. C'est en plein ce qu'il fait. Premier test : écrire sans y penser tout ce qu'on aime sur un côté de la feuille et tout ce qu'on déteste de l'autre. Commençons par le côté gauche. Je déteste les sapins qui sentent mauvais, l'analyse de texte, les huîtres, la musique de ma sœur, Stéphane Éthier, les tests, les cours de FPS, la vie sans Jasmine. Et du côté droit : Jasmine, c'est tout ; mais ça ne regarde que moi, alors je ne l'écris même pas. Et puisqu'il faut bien que je fasse mes devoirs pendant que le prof fume ses cigarettes, je parle donc des vacances, des maths, des séries éliminatoires du hockey, des promenades dans le Vermont et des taches de rousseur.

Quand j'ai fini, le prof est encore dans le corridor et Stéphane est en train d'essayer de séduire Jasmine. Tout le monde parle tellement fort dans la classe que je n'entends pas ce qu'ils se disent. Tout ce que je vois, c'est les lèvres de Stéphane qui bougent. Jasmine ne répond pas. Elle fait oui et non de la tête, elle a l'air ennuyée. Après quelques instants, elle change d'attitude. J'imagine qu'il a dit quelque chose de drôle. Elle sourit, et puis elle éclate de rire. Ça y est, c'est fini. Fini le nouveau Raymond amélioré. À la fin du cours, quand elle se lève, Stéphane la suit et continue de baratiner. Merde.

Après FPS, c'est un cours d'histoire. Je n'ai même pas envie de regarder le prof. Même pas envie de faire semblant de m'intéresser aux autres. Je suis redevenu le vieux Raymond. Ma garantie est finie. Ma date d'expiration est passée, comme sur un yogourt.

Et puis, c'est le miracle. Le premier petit miracle. Deux jours plus tard, au cours de maths. Je travaille encore en équipe avec Jasmine. Pas le choix, les équipes sont formées une fois pour toutes. On passe tout notre temps à expliquer aux deux anonymes les nouveaux problèmes et, vers la fin du cours, pendant qu'on range nos livres et nos cahiers, Jasmine me dit à voix basse qu'elle a un service à me demander. Moi, je dis oui, bien sûr, et je l'entends m'expliquer qu'elle veut se débarrasser de Stéphane-le-pot-de-colle et qu'elle aimerait bien travailler avec moi en FPS. Je dis : Bon, je veux bien.

Ensuite, je sors calmement de la salle de classe et je rentre chez moi. La journée est finie. Quand j'arrive à la maison, mes parents ne sont pas encore arrivés, Odile non plus. Je descends au sous-sol, dans ma chambre, je ferme la porte, et c'est là que je crie. Tout seul, j'ai crié aussi fort que tous les spectateurs du Forum quand les Canadiens comptent en prolongation. Les vitres en ont vibré, comme quand un gros camion passe dans la rue, et je pense même que je suis responsable de la grosse lézarde qui est apparue dans le béton.

Tout à coup, pour la première fois depuis le début de mes études secondaires, je me suis mis à adorer la FPS et à trouver que la pédagogie de M. Tarte était exceptionnellement bien adaptée à nos besoins.

La semaine suivante, il nous demande de faire des travaux en équipe. Deux par deux. Un gars une fille. Pour échanger. Pour apprendre à connaître les autres. Il nous donne des piles de feuilles et puis il s'en va encore fumer dans la salle des professeurs. Merci, M. Tarte.

Jasmine et moi, on remplit nos feuilles puis on échange nos impressions. On dit qu'on trouve la FPS débile, les tests encore plus débiles, on s'avance dans nos devoirs de maths, et cinq minutes avant la fin du cours on fait un résumé de nos échanges. Chaque fois on dit qu'on a appris à mieux se connaître et que c'est très intéressant.

Et puis c'est arrivé. En décembre. Après mille pages de tests et mille cigarettes de M. Tarte. En décembre, oui, quatre mois plus tard. Quatre mois pendant lesquels je n'avais jamais invité Jasmine chez moi, je n'étais jamais allé chez elle. On était devenus de bons amis à l'école, c'est tout. Malgré les tests, j'avais appris à la connaître. Je savais qu'elle voulait aller en sciences pures au cégep, que ce qui l'intéressait, c'étaient les maths mais pas l'informatique, que ce qui l'embêtait, c'était qu'elle ne voulait pas devenir professeur, qu'elle trouvait que les garçons de l'école étaient un peu jeunes de caractère, à part moi. À part moi, oui, c'est ce qu'elle a dit. Je lui ai évidemment demandé de s'expliquer, comme ça, par curiosité. Elle m'a dit qu'elle avait appris à me connaître, tout simplement, que j'avais beaucoup changé pendant l'été, que j'étais devenu plus sérieux... Ensuite, elle a fait une pause, et puis elle m'a dit qu'elle s'ennuierait pendant les vacances de Noël.

Alors j'ai répondu : « Moi aussi, mais si tu veux, on pourrait se voir, aller au cinéma par exemple. » Elle a dit d'accord. Elle m'a donné son numéro de téléphone, j'ai fait semblant de ne pas le connaître, je l'ai noté dans mon agenda. Je n'ai pas pu attendre d'être chez moi pour crier. J'ai fait ça dans la rue.

Trois jours plus tard (oui, j'ai réussi à attendre trois jours), je lui ai téléphoné pour l'inviter au cinéma. Je ne me souviens plus du film. J'étais seulement content d'être là, assis dans le noir avec elle. Ensuite, nous sommes allés prendre un café au restaurant pour parler un peu, puis je l'ai raccompagnée chez elle. Tout le long du chemin, je me disais : « Du calme, Raymond, du calme, ne rien précipiter. » Et j'ai réussi.

Quand nous sommes arrivés chez elle, nous nous sommes assis dans l'escalier pour parler. Une heure plus tard, nous étions toujours assis dans l'escalier. Et nous parlions encore. Ce n'est peut-être pas extraordinaire de rester assis sur une marche pendant une heure pour parler de tout et de rien. Mais en plein milieu de la nuit, c'est assez bizarre. En plein milieu du silence, on parle à voix basse, on chuchote à peine, et on comprend tout. Et puis à minuit, il se met à neiger. Une belle neige douce, de gros flocons qui prennent bien leur temps pour tomber et qui viennent fondre tout doucement sur le nez de Jasmine.

Il y a un long silence. Elle reste là à regarder tomber la neige, je reste là à me demander si je dois partir tout de suite ou bien poireauter encore un peu, si je dois essayer de l'embrasser ou bien attendre la prochaine fois. Je décide d'attendre. Je me lève, je balaie la neige qui s'était accumulée sur mes épaules et je lui demande si elle veut retourner au cinéma, la semaine prochaine. Elle me répond oui, mais à condition qu'on n'aille pas au cinéma. Ça, c'est Jasmine.

7:50

Qu'est-ce que je sais de Jasmine ? D'après ce que j'en ai vu, elle est entièrement couverte de taches de rousseur. Ses cheveux sont bruns avec des reflets roux et ils changent avec les saisons : bruns l'hiver, roux l'été. Avec parfois des mèches blondes, quand elle revient du Sud. Sous ses cheveux, il y a une tête qui change aussi selon les saisons. Ou selon les jours, les heures, les humeurs, les marées, les ondes magnétiques, la pression atmosphérique, je ne sais pas, mais ça change toujours. Jamais vu une tête aussi compliquée, une machine à idées aussi sophistiquée.

Quand elle parle, elle arrête souvent au milieu d'une phrase, comme ça, pour rien, le temps de laisser passer un nuage. Et moi, je le regarde passer avec elle en attendant la surprise. Parce qu'il y a toujours une surprise, toujours. En attendant, je regarde ses belles dents, ses yeux, ses seins, ou bien encore ses jambes, je regarde n'importe quoi et je ne m'en lasse pas, je regarde n'importe quoi en attendant qu'elle atterrisse. Le plus drôle, quand on regarde Jasmine par petits morceaux, c'est qu'elle n'a vraiment rien d'extraordinaire. Même que ses seins sont tout petits, ses jambes trop courtes, son nez trop long... Mais c'est idiot de la regarder par petits morceaux. Aussi idiot que de regarder une peinture couleur après couleur. Ou bien d'écouter seulement une note d'une chanson. Quand elle revient de ses petits voyages intérieurs, elle dit quelque chose de surprenant, toujours. Elle veut bien aller au cinéma avec moi, mais à condition que ce ne soit pas au cinéma.

Elle n'est pas comme les autres. Les autres, ils vont au cinéma et ensuite dans un party et ensuite au cinéma et puis ils s'embrassent, ils font l'amour, ils s'ennuient, ils retournent au cinéma, ils s'ennuient encore et ils profitent du prochain party pour changer d'histoire d'amour. Parfois ils attrapent des maladies et ils se disent qu'il vaut mieux s'ennuyer toujours avec la même personne, c'est plus sûr. Alors ils se marient, monsieur va au hockey avec ses beaux- frères qui ont des billets de saison, pendant que madame va au théâtre avec sa belle-sœur. Elles ont un abonnement, c'est moins cher.

Tout le monde s'ennuie. C'est pour ça que les rues du centre-ville sont noires de monde, les samedis soir d'été. C'est pour ça que les gens regardent la télé, qu'ils vont au cinéma et dans les partys ou qu'ils dépensent leur argent dans les centres commerciaux. C'est précisément dans un centre commercial que nous sommes allés au cinéma sans aller au cinéma. C'est elle qui m'a téléphoné.

—Raymond ? C'est Jasmine. J'ai une idée : on se rencontre au centre commercial, en face de La Baie, à côté de la fontaine. Sept heures, ça te va ?

J'ai à peine eu le temps d'accepter sa proposition qu'elle raccrochait déjà. En me rendant au centre commercial, j'étais un peu déprimé : moi qui m'imaginais que Jasmine était quelqu'un d'extraordinaire... S'il y a quelque chose que je déteste, c'est bien le lèche-vitrines. Surtout pendant le temps des fêtes. Je n'en revenais pas.

J'arrive au centre commercial. Des enfants qui pleurent, des femmes qui se fraient un chemin dans la foule à grands coups de coude, des hommes qui suivent en bougonnant, un père Noël qui maigrit de vingt livres sous son costume, une odeur de pop-corn qui flotte sur tout ça et, comme bruit de fond, un employé d'un magasin de musique qui fait une démonstration des talents de son orgue électrique à mille pitons. Pourquoi Jasmine m'invite-t-elle là-dedans ? Je l'aperçois finalement, assise sur un banc, près d'une fontaine qui crache des jets d'eau éclairés par des spots de couleur. Elle n'a pas de sac, pas même un sac à main. Elle regarde, tout simplement.

— Salut, Jasmine. Tu as quelque chose à acheter ?

— Non.

— ... Tu veux regarder les vitrines ?

— Je veux regarder les gens. On ne dit rien pendant quinze minutes. On regarde, c'est tout. Comme au cinéma. D'accord ?

— C'est une expérience ?

— Si tu veux.

Bon. Je suis soulagé, mais je suis tout de même encore inquiet. Une expérience de quoi ?

Regarder les gens. Quinze minutes. J'essaie de voir les yeux. Qu'est-ce qu'il y a dans les yeux des passants ? Fatigue, colère, lassitude, vide, exaspération, impatience, rien du tout. Regardons autre chose. Les chapeaux. Des noirs, des blancs, des rouges, des trop petits, des trop grands, des animaux morts, des paquets de laine mouillée, des têtes nues, des têtards, des ogives nucléaires, des ruches d'abeilles, des paniers de fruits en plastique, des foulards noués autour de la tête... Une homme qui marche trop vite, les bras chargés de sacs. Une dame avec un bébé dans une poussette. Collision. L'homme tombe, la femme crie, le bébé n'a rien, engueulade... Dans le magasin de musique, l'orgue électrique continue à jouer *Jingle Bells*.

— On reste encore longtemps, Jasmine ?

— Non, ça suffit. On va marcher dehors ?

Dehors, on gèle, mais on est tout de

même mieux que dans l'enfer du centre commercial. On marche longtemps et on parle. Elle parle, plutôt, et moi, j'écoute. Elle me dit qu'elle ne veut pas d'une vie comme ça, que personne ne devrait être obligé de supporter la laideur, qu'elle ne veut pas du cinéma-party-party-cinéma-ennui-maladies, que la vie des adultes ne semble être qu'une triste routine, que tout le monde se tue à faire comme tout le monde et qu'il faut que l'imagination soit comme une bombe qu'on lancerait sur les habitudes.

Ensuite, elle prend une grande inspiration et elle me dit qu'elle veut essayer quelque chose avec moi, mais à condition que ce soit différent. Chaque fois, il faut que ce soit différent. Nous ne sommes pas comme les autres.

Sur le coup, j'étais fier. Fier de ne pas être comme les autres, fier aussi qu'elle s'intéresse à moi, mais j'avais en même temps un peu peur : Est-ce que je serais à la hauteur ? Est-ce qu'elle attendait de moi que je l'amène au sommet de l'Himalaya, en excursion de plongée sous-marine dans les Caraïbes ou en canot sur l'Amazone ? Comment fait-on pour avoir de l'imagination quand il faut aller à l'école toute la journée, étudier le soir et travailler dans une station-service tout l'été pour avoir de l'argent de poche ? Est-ce qu'on peut avoir de l'imagination quand on n'a ni portefeuille bien rempli ni automobile ?

Nous marchions en silence pendant que je ruminais tout ça. Il faisait vraiment froid, tellement froid que les engrenages de mon cerveau commençaient à avoir du mal à tourner. Pour nous réchauffer un peu, j'ai proposé à Jasmine de partir immédiatement pour l'Italie. Elle a accepté sans discuter, nous avons aussitôt attrapé un avion qui passait par là et nous nous sommes retrouvés dans une espèce de grand véhicule à voyager dans l'espace-temps. Derrière nous, il y avait encore l'hiver qui venait frapper à la vitre du véhicule pour nous rappeler d'où nous étions partis, mais sur les côtés on voyait, par de petits hublots carrés, la tour de Pise, le port de Naples, le Colisée de Rome et les gondoles de Venise. Parfois, une porte s'ouvrait du côté du poste de pilotage et il en sortait une chaude vapeur qui venait nous envelopper. Comme nous avions un peu faim, des esclaves nous ont apporté un plat de pâtes fumantes que nous avons mangées bien lentement. À franchement parler, le repas n'était pas extraordinaire, les toiles représentant les scènes d'Italie étaient du genre peinture par numéro et l'esclave qui nous servait avait hésité à nous offrir un petit verre de vin maison, mais peu importait : Jasmine a dit que l'aventure, c'était dans la tête, et nous avons trinqué.

Depuis ce jour-là, nous ne sommes plus jamais allés au cinéma. Nous sommes souvent retournés au restaurant et nous avons ainsi visité le Viêt-nam, la Corée, la Grèce, l'Afghanistan et, quand nos finances étaient plus limitées, le Wyoming ou le Nevada. L'aventure, c'est dans la tête. En sortant de chez Mc Donald's, on peut aussi bien se retrouver en face du grand Canyon, qu'à Manhattan ou à Moscou.

Nous avons aussi marché dans les cimetières, roulé en vélo dans les banlieues, patiné sur le mont Royal, visité des musées, essayé d'écrire un roman, photographié des insectes, écouté de la musique, participé à un concours de maths (encore une médaille), fait des pique-niques, et surtout nous avons parlé. Marcher et parler, voilà ce qu'on fait le plus souvent. Dans notre banlieue anonyme, il y a des centaines de rues, toutes pareilles, et des milliers de bungalows, tous pareils. Dans chaque bungalow, il y a une grande fenêtre qui donne sur la rue. Le soir, on se promène et on regarde les aquariums. En face de la fenêtre du salon, il y a toujours un sofa et au-dessus, sur le mur, une peinture à l'huile représentant un paysage d'hiver ou un vieux pêcheur pittoresque. Devant le sofa, la lumière d'un téléviseur. Parfois, une silhouette se lève. Pause commerciale, direction : le réfrigérateur. Sur le mur de la cuisine, une gigantesque paire d'ustensiles en bois rapportés du Mexique. Quand on regarde ça, Jasmine et moi, on se dit que Sherlock Holmes serait bien découragé de vivre dans une banlieue moderne.

Parfois, à l'école, on s'écrit des lettres bizarres. Je lui raconte une histoire en morse, elle me répond en sourd-muet. Vraiment : elle a passé une soirée à décalquer les signes dans un dictionnaire. Deux feuilles de papier de soie couvertes de petites mains. Je lui écris qu'elle est folle, elle réplique en le prouvant : une lettre de vingt pages sans queue ni tête, avec plein de dessins en guise de mots. De temps à autre, on s'écrit aussi de vraies lettres, avec un timbre sur l'enveloppe, une vraie lettre livrée à domicile. On écrit tout ce qui nous passe par la tête, sans y penser, pourvu que ce soit fou. Je l'aime.

On parle de nous, des profs, de nos parents, de la mort, de l'espace, du temps. « Et justement, en parlant du temps, ça fait six mois qu'on sort ensemble, Jasmine, et je ne t'ai pas encore embrassée. C'est tout juste si je t'ai tenu la main. Et je ne suis pas fait en bois, Jasmine. Ou plutôt oui, il y a une partie de moi qui est parfois faite en bois et c'est très encombrant. » Oui, j'ai dit comme ça. Mot pour mot. Il faut parfois la surprendre, Jasmine. Et il faut dire la vérité telle qu'elle est. Et puis la patience, il ne faut pas que ce soit éternel, quand même.

C'était la semaine dernière. Un mardi. C'était une journée d'inter-étape-flottante-mobile-pédagogique. Autrement dit, un congé. On avait fait du vélo toute la journée, on était étendus sur l'herbe, près du fleuve, et je n'en pouvais plus. Sur le coup, elle n'a pas réagi. Elle mâchonnait une brindille, lentement. Elle a laissé passer un nuage, elle a jeté son brin d'herbe, et puis elle a dit : « Oui, tu as raison, il est temps. »

— Quand ?

— La semaine prochaine.

— Où ?

— Chez moi, c'est trop risqué. Chez toi ?

— Mes parents s'en vont à Ottawa...

— Parfait. On rentre ?

Sur le chemin du retour, on n'en a plus reparlé. Elle sifflait, assise sur son vélo, comme si on ne s'était rien dit. Comme si on avait pris rendez-vous pour aller jouer au bowling. Je me suis demandé s'il n'y avait pas eu de malentendu. Quand nous sommes arrivés chez elle, elle m'a invité à prendre un café dans sa cour. Bon. On boit le café, on parle de choses et d'autres, toujours comme si rien n'avait été dit. Sa mère faisait du jardinage. Elle vient s'asseoir avec nous, on papote un peu et puis je me lève pour m'en aller, convaincu que ce n'est pas vrai, qu'elle n'a pas dit oui, que j'ai pris mon rêve pour la réalité.

Elle m'accompagne jusqu'à la rue. Et c'est là, moi sur mon vélo que j'avais déjà enfourché et elle sur le trottoir, qu'elle a mis sa main sur la mienne pour me dire qu'il faudrait penser à nous protéger. J'ai dit : « O.K., je m'en occupe. »

Le lendemain, j'étais à la pharmacie. Pas celle qui est près de chez nous, une autre. Je ne voulais pas demander de renseignements, alors j'ai fait le tour des étalages trois fois avant de trouver l'endroit où on place ces objets de caoutchouc dont on parle partout. J'ai choisi une boîte de douze et puis je suis allé à la caisse. Comme j'étais un peu gêné, j'ai acheté aussi un paquet de menthes.

Samedi dernier, quand j'ai revu Jasmine, je lui ai laissé entendre que j'avais ce qu'il fallait. C'est elle qui m'a recommandé de m'entraîner. « M'entraîner ? » « Ben oui, c'est pas évident, j'ai une amie qui m'a raconté que... » « Bon, comme tu voudras. »

J'ai fait tout ce qu'il fallait, je pense...
Huit heures deux. C'est drôle, je commence à trouver que le temps passe vite,
tout à coup. Tu arrives au bout de ton
rouleau, chère cassette, il va falloir te
remplacer.

8:07

Je me suis permis de faire une pause. Le temps de me brosser les dents encore une fois, de me gargariser (j'ai toujours la gorge sèche), de faire les cent pas et d'aller m'asseoir au salon, sur le grand divan. Pas confortable, mais il est en face de la fenêtre d'où je peux voir la rue. Tout est tranquille, les voisins regardent la télé, la nuit tombe tranquillement, les criquets chantent et, moi, je ne sais pas quoi faire.

Tout à l'heure, avant d'allumer le

magnétophone, j'ai feuilleté un magazine de tennis. Ça existe, oui. Il y a bien des magazines de mariage, de marche en montagne, de coiffure, de guitares électriques, de lutte et de *body-building,* alors pourquoi pas une revue de tennis ? C'est plein de publicités de souliers et de raquettes et, par-ci, par-là, un article que personne ne lit. On regarde les photos des magnifiques courts de Jamaïque ou les jambes des mannequins qui présentent la nouvelle mode des jupettes... Les magazines, c'est fait pour rêver. Si j'étais éditeur, j'inventerais le magazine *Jasmine.* Je serais le seul abonné, mais ce serait pour la vie. Il y aurait d'abord un éditorial, que je signerais moi-même, et dans lequel je chanterais les louanges des cours de FPS. Ensuite une entrevue avec la vedette du mois, Jasmine. On la verrait chez elle, dans sa chambre, en train de flatter son chat, et puis sur son vélo, pour montrer que les grandes vedettes peuvent avoir une vie simple. Chaque fois que le journaliste poserait une question, elle laisserait passer un nuage. Pourquoi aimez-vous les mathématiques ?

— Parce qu'il n'y a pas d'exceptions, pas de chiffres irréguliers et qu'on n'a pas besoin de dictionnaire pour écrire correctement un chiffre.

— Pourquoi n'aimez-vous pas le cinéma ?

— Parce que je préfère celui que je me fais. Quand je serai vieille, peut-être...

Ensuite, il y aurait des trucs de maquillage. Style « avant » et « après ». Avant, ce serait le visage de Jasmine, avec un sourire énigmatique. Après, le même visage, le même sourire. Sous les photos, un seul commentaire : « Le maquillage ? Pas besoin : je ne suis pas un clown. »

Dans la chronique mode, on la verrait en train de découdre les marques de commerce de ses jeans. Jasmine ne supporte pas la moindre inscription sur ses vêtements. Elle ne veut pas être un panneau publicitaire.

On passerait ensuite aux pages centrales. Gros plan sur le cou. Des sous-ensembles de taches de rousseur qui se perdent dans le duvet.

Et puis un article de décoration. Une seule photo, celle d'un lit défait.

Huit heures dix. Est-ce que je devrais aller l'attendre dehors ? Faire semblant de me promener... Aller la rejoindre sur mon vélo ? Et si elle ne venait pas ? Si elle avait changé d'idée ? J'ai été bien bête de ne pas en profiter pendant que nous étions à Québec. Les voyages, c'est fait pour ça. Et je ne serais pas là à me morfondre...

C'était il y a un mois. On était tous les deux à Québec. On représentait notre école au concours provincial de mathématiques. Trois heures d'autobus, à parler tranquillement de tout et de rien. Seuls au monde, loin des parents et des amis. Après le concours, elle était allée coucher chez des amis de sa famille, moi chez ma tante. On aurait pu inventer n'importe quoi et se retrouver seuls, tous les deux, dans un pignon du château Frontenac ; on aurait fermé les rideaux et personne n'en aurait rien su... Au lieu de ça, je me suis retrouvé avec un dictionnaire que j'avais déjà et des valises pleines de regrets. Tout le long du trajet, je me disais : « C'est le temps, vas-y, dis-lui que tu as assez d'argent pour aller à l'hôtel. » Mais je n'en ai pas été capable. Chaque fois que j'ouvrais la bouche, les mots restaient bloqués. Et le pire, c'est qu'elle aurait accepté. Elle me l'a dit. Et d'ailleurs, elle m'a avoué qu'elle avait emporté de l'argent, elle aussi, et qu'elle n'a pas osé. C'est bête.

Huit heures onze. En ce moment, elle est encore chez elle. Ses parents s'apprêtent à sortir. Ils lui demandent si elle reste à la maison. Elle répond que oui, sans doute, mais qu'il est aussi possible qu'elle aille au cinéma avec moi. Ses parents sont surpris, évidemment, à cause du cinéma, mais ça fait partie du plan. Si jamais le téléphone sonne, on ne répond pas.

Huit heures douze. Les parents sortent, Jasmine se dirige vers la salle de bains. Elle se brosse les dents en chantant la comptine de *Passe-Partout* et moi, je suis toujours à la fenêtre à me dire que Jasmine n'est pas comme les autres et que je l'aime et que plus je la connais, plus je me sens différent moi aussi et que je ne veux pas la perdre. Elle est nerveuse, Jasmine, autant que moi peut-être. Pour elle aussi, c'est la première fois. C'est rassurant.

Huit heures treize. La rue est toujours tranquille. Pas moi. J'allume la radio, je change douze fois de poste, je l'éteins. Je me lève encore, je fouille dans le support à journaux, je feuillette un magazine de décoration, je le remets à sa place... Jasmine a quitté la maison, maintenant. Elle enfourche son vélo, direction l'autre bout d'Anonyme City. Le soleil est rouge, moi aussi. Attention, Jasmine, attention aux rebords de trottoirs, aux couvercles d'égouts, aux méchants loups, aux bons pères de famille de banlieue qui rêvent de croquer des jeunes filles, aux chiens mangeurs de mollets, aux portières d'autos qui s'ouvrent quand on s'y attend le moins, aux camions qui font des coups de vent, aux bâtons dans les roues, aux feux rouges mal synchronisés, à la bêtise des automobilistes, à la bêtise tout court. Attention, Jasmine, il est huit heures quatorze maintenant, quelques minutes encore et tu seras chez moi, saine et sauve, saine de corps et d'esprit, en chair, en os et en nuages, en dents blanches et en taches de rousseur, en cheveux de toutes les couleurs, en fournaise et en chaleur, en montagnes et en crevasses, en échelles et en serpents, en terrains rouges sur lesquels je bâtirai des maisons vertes. Tu seras Broadway et j'irai te rejoindre sur les quatre petits trains, ensuite nous irons passer trois tours en prison, n'importe où, Jasmine, du moment que ce soit avec toi.

Huit heures quinze. Ils sont là. Ils, c'est Patrick et Julien. Quand j'ai vu l'auto de la mère de Julien tourner au coin de la rue, je n'ai pas pu y croire. Et puis ils ont ralenti, ils sont passés tout droit, ils se sont stationnés un peu plus loin et ils sont restés quelques instants dans l'auto, à comploter. Non, pas ça, les gars, ne faites pas les imbéciles, vous allez tout faire rater. Pas ça... Qu'est-ce que je fais ? Je me cache dans ma chambre, je ne réponds pas à la porte ? Mais s'ils restent là jusqu'à ce que Jasmine arrive, de quoi je vais avoir l'air ? Non, il n'y a qu'une solution : sortir, aller au-devant d'eux. Julien ne me fait pas peur, il est tout petit et puis il ne sait pas se battre. Patrick, c'est autre chose, il est costaud, et puis il a déjà fait du karaté... Non, quand même...

Je sors de la maison au moment où ils descendent eux-mêmes de la petite Toyota. Ils ont l'air un peu gênés, pas du tout agressifs. Moi, oui.

— Qu'est-ce que vous venez faire ici ?

— C'est toujours pour ce soir, le rendez-vous avec Jasmine ? me demande Patrick.

— Oui, elle arrive dans dix minutes. Qu'est-ce que vous voulez ?

— Ne t'inquiète pas, on ne fait que passer, dit Julien.

— Oui, on s'est dit qu'on pourrait bien passer te saluer avant d'aller au party...

— C'est fait. Salut.

— On est venus aussi pour te souhaiter bonne chance, dit Julien.

— Oui, c'est ça, on est bien contents pour toi. Bonne chance, a ajouté Patrick.

Et puis ils m'ont serré la main, ils sont retournés dans la petite auto, ils sont partis, et moi je suis resté là, sur le trottoir, à les regarder partir, je suis resté là, tout seul sur le trottoir, avec mon enregistreuse-jouet dans la main, à me dire que les gars ne sont pas toujours stupides, non, pas toujours, et que je ne m'attendais vraiment pas à ça.

Je suis encore sur le trottoir quand je vois Jasmine tourner au coin de la rue. Jasmine sur son vélo, Jasmine avec ses jeans sans nom, avec son sourire tellement éclatant qu'il risque d'éblouir les astronautes, là-haut, dans leur navette spatiale.

Huit heures vingt minutes, heure avancée de l'Est. Huit heures vingt minutes. Jasmine est en avance. Elle est là, elle s'avance vers moi en souriant, et moi j'ai à peine le temps de dire : « Merci, Fisher-Price, merci, ma petite cassette. Demain, si tout va bien, je te jure que je retranscris toutes les folies que je t'ai dictées, sans changer un seul mot. »

Dans la collection Boréal Junior